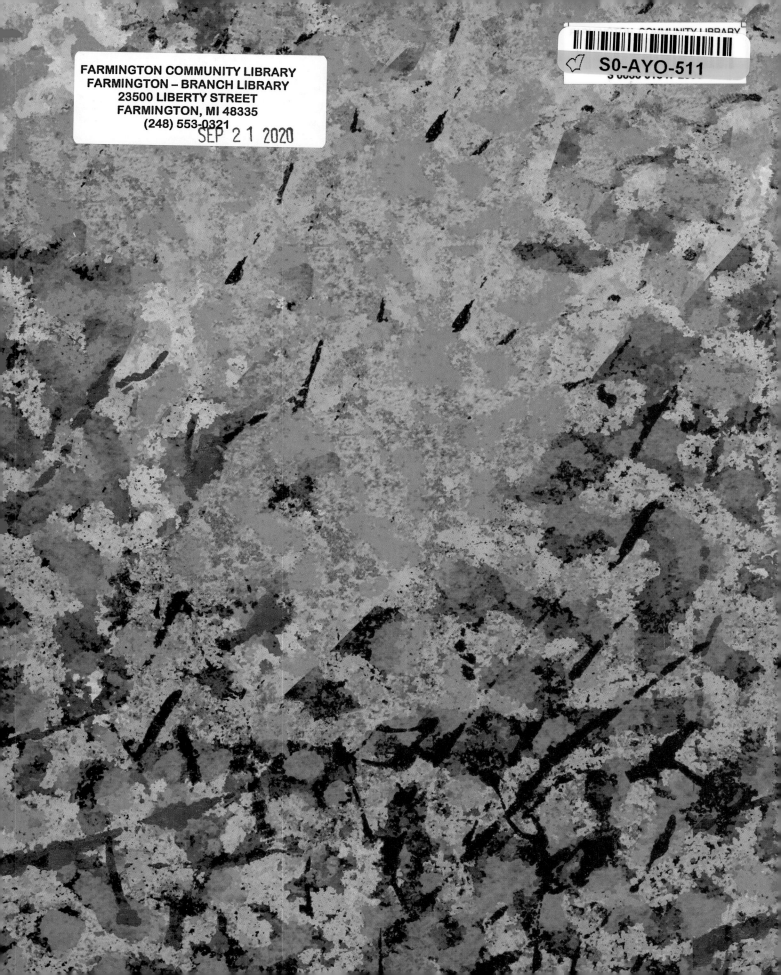

una caSa que fue

Escrito por Julie Fogliano
Ilustrado por Lane Smith

OCEANO Travesía

En medio del bosque
hay una casa
sólo una casa
que alguna vez
fue un hogar
pero ya no lo es.

Sobre una colina
descansa la casa
que se inclina.
Una casa que antes no
pero ahora se despinta.
Una casa que una vez
fue azul.

Sube de puntitas
por el sendero
por el oculto sendero
que te acogía.
Un sendero serpenteante
cubierto de hierba crecida.

Al frente de la casa
de la casa que espera
hay una puerta que no está abierta,
pero casi.
Una puerta que está cerrada,
pero no mucho.
Una puerta atascada entre ir y venir.
Una puerta que alguna vez fue blanca.

En un costado hay una ventana
que observa.
Una ventana que se abría completa.
Una ventana sin cristal.
Una ventana que te invita a entrar.

Dentro de la casa
hay un silencio que cruje.
Hablamos bajito
pero casi no decimos nada.
Susurramos aunque nadie nos escucha.
Quien antes estaba
ahora no está.
Quien antes estaba
se fue.

¿Quién era ese alguien
que aquí comía habas
que se sentaba junto al fuego
que se miraba en este espejo?
¿Quién era ese alguien
cuyos libros esperan
cuya cama sigue hecha
cuyas fotos se esfuman?

¿Quién era ese alguien
que caminaba por el pasillo
que guisaba en la cocina
que se sentaba en el sofá?
¿Quién era ese alguien
que se fue sin empacar
ese alguien que se fue
pero sigue por doquier?

¿Era un hombre de gran barba y anteojos

que miraba por la ventana y soñaba con el mar?

¿O una mujer que pintaba en el jardín

retratos de ardillas todo el día sin parar?

¿Acaso había un gato que junto al fuego dormía

o una niña que bailaba siguiendo el compás?

¿Un niño que construía aviones y soñaba con volar?
¿Un bebé? ¿Un vaquero? ¿Los reyes del lugar?

¿Por qué se marcharon y a dónde se fueron?
¿Por qué se alejaron sin decir adiós?

¿Será que naufragaron y ahora
habitan una isla desierta,
usan ropa de coco y corbatas de piña?

O quizá se mudaron a París,
pintan junto al río y comen mucho queso brie.

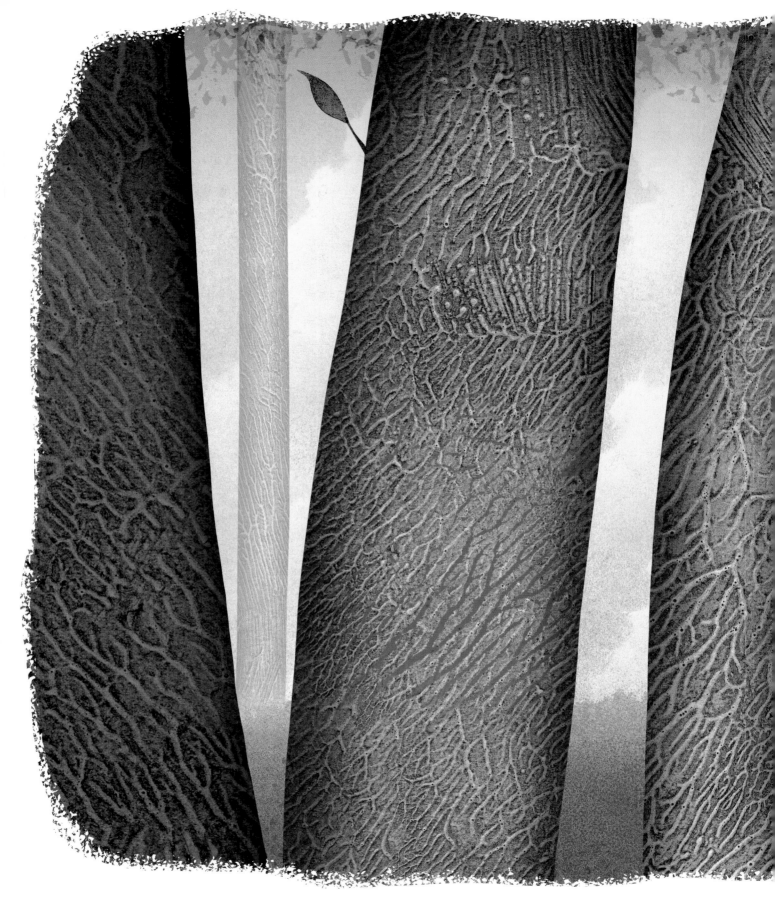

¿Qué tal si están perdidos y deambulan solitarios?

Tal vez no encuentran sus llaves para entrar.

Y quizá su casa aún los espera.
Espera escuchar su llave en la puerta.

Espera oír voces rebotar en el pasillo.
Espera que alguien venga a barrer su piso.

O quizá sólo le gusta sentarse a recordar
historias de alguien que ya no conoceremos.
Y quizá le gusta estar aquí en medio del bosque
con los árboles entrando por el techo.

De vuelta por la ventana
trepamos e imaginamos.
Volvemos por el sendero cubierto de espinas.

De vuelta a una casa donde espera la cena.
De vuelta a una casa cómoda y calientita.

En medio del bosque
hay una casa
sólo una casa
que alguna vez
fue un hogar
pero ya no lo es.

Para los chicos
que encontraron una casa
y se preguntaron.

Y para Lane
que supo exactamente qué hacer
con esas preguntas
—J.F.

Para John y Malaine
—L.S.

una casa que fue

Título original: *A House That Once Was*

© 2018 Julie Fogliano (texto)
© 2018 Lane Smith (ilustraciones)

Publicado de acuerdo con Roaring Brook Press,
una división de Holtzbrinck Publishing Holdings Limited
en colaboración con Sandra Bruna Agencia Literaria S.L.
Todos los derechos reservados.

Traducción: Sandra Sepúlveda Martín

D.R. © Editorial Océano, S.L.
Milanesat 21-23, Edificio Océano
08017 Barcelona, España
www.oceano.com

D.R. © Editorial Océano de México, S.A. de C.V.
Homero 1500-402, col. Polanco
Miguel Hidalgo, 11560, Ciudad de México
www.oceano.mx
www.oceanotravesia.mx

Primera edición: 2018

ISBN: 978-607-527-662-5

Depósito legal: B-17884-2018

IMPRESO EN ESPAÑA / *PRINTED IN SPAIN*

9004523010718